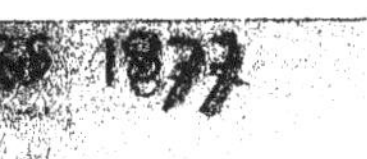

Vente du Lundi 26 Mars 1877

SALLE N° 8

TABLEAUX

PEINTS PAR

Berthon (N.),	*Lapostolet (Charles)*,
Daubigny (Karl),	*Lemaire (Louis)*,
Groiseilliez (M. de),	*Mouillon (A.)*,
Hanoteau (Hector),	*Potémont (Martial)*.
Jundt (Gustave),	*Ribot*.

QUATRIÈME ANNÉE

EXPOSITIONS :

PARTICULIÈRE : LE SAMEDI 24 MARS 1877.

PUBLIQUE : LE DIMANCHE 25 MARS 1877.

Commissaire-Priseur,	*Expert,*
M° **CHARLES PILLET**	M. **FÉRAL**, PEINTRE.
10, rue de la Grange-Batelière.	54, rue du Faubourg-Montmartre.

. 1877

CATALOGUE

DE

TABLEAUX

PEINTS PAR

Berthon (N. ,
Daubigny (Karl .
Groiseilliez (M. de .
Hanoteau (Hector ,
Jundt (Gustave .

Lapostolet (Charles ,
Lemaire (Louis ,
Moullion (A. ,
Potémont (Martial .
Ribot.

DONT LA VENTE AURA LIEU

HOTEL DROUOT, SALLE N° 8

Le Lundi 26 Mars 1877

À TROIS HEURES

EXPOSITIONS :

PARTICULIÈRE : LE SAMEDI 24 MARS 1877.
PUBLIQUE : LE DIMANCHE 25 MARS 1877.

de 1 heure à 5 heures.

Mᵉ CHARLES PILLET,
COMMISSAIRE-PRISEUR,
10, rue de la Grange-Batelière.

M. FÉRAL, PEINTRE,
EXPERT,
54, rue du Faubourg-Montmartre.

1877

D 25412

CONDITIONS DE LA VENTE

Elle sera faite au comptant.

Les acquéreurs payeront *cinq pour cent en sus* des adjudications.

Paris. — *Typ. Pillet et Dumoulin, 5, rue des Grands-Augustins.*

DÉSIGNATION

BERTHON (N.)

1 — Brayaude, près Riom (Puy-de-Dôme).

Toile. Haut., 47 cent. ; larg., 29 cent.

2 — Que dira maman? (Auvergne).

Toile. Haut., 47 cent. ; larg., 35 cent.

3 — La Marguerite.

Toile. Haut., 35 cent.; larg., 27 cent.

4 — La promenade.

Toile. Haut., 45 cent.; larg., 33 cent.

5 — L'Attente.

Toile. Haut., 35 cent.; larg., 27 cent.

DAUBIGNY (KARL)

6 — Marine (Rouen).

7 — Marine (Rouen).

8 — Paysage.

9 — Paysage.

10 — Marine.

11 — Paysage.

12 — Paysage.

GROISEILLIEZ (M. DE)

13 — Le pont de Mantes.

Haut., 45 cent; larg., 32 cent.

14 — La Seine à Limay.

Haut., 40 cent.; larg., 32 cent.

15 — L'Ile Saint-Honorat, près Cannes.

Haut., 92 cent.; larg., 65 cent.

16 — Moussy-Duquesnoy.

Haut., 75 cent.; larg., 48 cent.

17 — Après-midi à Mantes.

Haut., 75 cent., larg , 48 cent.

18 — Une vue d'Avelghem (Belgique).

Haut., 64 cent.; larg., 42 cent

19 — Avant la pluie à Rangiport.

Haut., 64 cent.; larg., 42 cent.

HANOTEAU (HECTOR)

20 — L'Abreuvoir.

Haut., 35 cent ; larg., 48 cent.

21 — Soleil couchant.

Haut., 44 cent.; larg., 70 cent.

22 — Le Perchoir.

Haut., 44 cent.; larg., 70 cent.

23 — Les bords de l'Étang.

Haut., 44 cent.; larg., 70 cent.

24 — L'Arbre sec.

Haut., 81 cent.; larg., 1 m.

25 — Les Poules.

Haut., 55 cent.; larg., 44 cent.

26 — La Barrière.

Haut., 44 cent.; larg., 55 cent.

JUNDT (GUSTAVE)

27 — Vive la France (lac de Brienz).

Esquisse terminée du tableau exposé en 1872.

Haut., 1 m.; larg., 80 cent.

28 — Le cerisier de Suzel.

Exposé au Cercle de la Place Vendôme, 1877.

Haut., 1 m.; larg., 70 cent.

29 — Eliezer et Rebecca.

Haut., 60 cent.; larg., 40 cent

30 — Suzel.

Haut., 40 cent.; larg., 25 cent.

31 — Les Fraises des Alpes.

Exposé au Cercle de la rue Saint-Arnaud. 1877.

32 — Le matin.

33 — Souvenir de Monaco.

34 — Un coin de l'Oberland.

Exposé au Cercle de la rue Saint-Arnaud. 1877.

LAPOSTOLET (CHARLES)

35 — La rue de la Grosse Horloge, à Rouen.

36 — Un quai à Rouen.

37 — La Station des Bateaux-Mouches à Auteuil.

38 — Navires charbonniers Anglais près de Rouen.

39 — Le pont des Arts, à Paris.

40 — Une Vue de Rouen.

41 — La place Monge, à Beaune (Côte-d'Or).

LEMAIRE (LOUIS)

42 — Bouquet de **Printemps**.

43 — Bords de la Somme à Piquigny.

44 — Bouquet de Roses.

45 — Poiriers en fleurs.

46 — Une Moisson de Roses.

47 — Une Chaumière dans le Pas-de-Calais.

48 — Roses sans feuilles.

MOULLION

49 — Bruyères d'Automne.

Haut., 1 m. 10 cent.; larg., 63 cent

5o — Blés mûrs.

Haut., 46 cent.; larg., 38 cent.

51 — Automne (Forêt de Fontainebleau).

Haut., 41 cent.; larg., 32 cent.

52 — Vente à la Reine (Forêt de Fontainebleau).

Haut., 55 cent.; larg., 46 cent.

53 — Mare aux Fées.

Haut., 55 cent.; larg., 39 cent.

54 — Forêt d'Été (Vente à la Reine).

Haut., 41 cent.; larg., 32 cent.

55 — Marlotte au Printemps.

Haut., 46 cent.; larg., 38 cent.

POTÉMONT (MARTIAL.)

56 — Les Meuniers du Crotoy (Somme).

57 — Une pêcherie (Creuse).

58 — La lessive à Vallières (Creuse).

59 — Sub tegmine fagi.

60 — Jardin Normand près Trouville.

61 — Femmes de La Vallières.

62 — Rivière de la Farge (Creuse).

RIBOT

63 — Tête de jeune Fille.

64 — Descente de Croix.

65 — Le Compte du Marché.

66 — Nature morte.

67 — Nature morte.

www.ingramcontent.com/pod-product-compliance
Ingram Content Group UK Ltd.
Pitfield, Milton Keynes, MK11 3LW, UK
UKHW022319170726
13837UKWH00005BA/2067

9 782329 371252